U0020206

火牛陣

中國名人成語故事

蔡文甫　著
蔡嘉驊　圖

目錄
CONTENTS

戰略家
曹劌

　　齊國的大軍，攻打魯國的長勺，魯莊公正準備抵抗。

　　這時，魯國的一個愛國志士名叫曹劌，連忙跑到都城去見莊公。

　　莊公知道他很能幹，便問他和齊國打仗的方法。

　　「戰爭要隨機應變的，」曹劌答道：「我願意到前線去，看實際的形勢決定戰略。」

　　魯國的軍隊在路上前進，莊公和曹劌坐在隊伍的後面兵車上，談論兵法和戰術，他們談得很投機。本來，魯國的兵很弱，齊國的兵十分強壯，又比魯國多一倍。可是莊公聽了曹劌的話後，以往的憂愁都消失了。

　　到了長勺，齊兵便鳴鼓進攻，預備乘勢把魯軍打垮。

這時鼓聲震天，莊公慌了，命令部下鳴鼓。

曹劌連忙阻止道：

「敵人的銳氣很盛，我們應該等一等。」他傳了一道命令：「如有人輕舉妄動，立刻殺頭。」

齊兵衝來，魯營堅定地矗立著。齊兵又鳴了一次鼓，魯營仍然一動不動。

經過兩次衝鋒，齊軍已精疲力竭，他們看到魯營只是堅守，不敢迎戰也驕傲起來，而帶著懶散的心情退下。

齊軍的主將，看見沒有攻破魯營，兵士都沒精打采的向後退，又鳴鼓進軍，但他們的精神已無法振作了。

「咚……咚……咚咚……」魯營中的鼓聲一陣緊似一陣，畫破了長久的寂靜。

隨著鼓聲衝出大隊的魯兵。「衝啊！殺……殺啊……」

齊軍慌亂迎戰，隊形被衝成數段，失去聯絡，

戰略家曹劌

便搶著往後退避，武器和馬匹拋棄在路上。

莊公下令追擊。

「等一等。」曹劌急忙搖手道。他下車察看齊軍的陣地，又跑到車頭，向遠處眺望。「現在可以追了。」

魯軍向前追趕，把齊兵驅逐出境，獲得的勝利品堆滿了倉庫。

莊公打了勝仗，非常高興。

「我真不明白，」他問：「為什麼我們打一次鼓就可以贏他們的三次？」

「打仗全憑勇氣，」曹劌笑道：「他們三次鳴鼓氣勢已弱，我們鳴鼓時，士氣正強，怎麼不打勝仗呢？」

莊公不住的點頭。「可是，」他想了一想道：「又為什麼不立刻追趕齊軍呢？」

「那是怕他們詐降。」曹劌道：「後來見他們的旗子和隊伍都凌亂了，才知道他們是真敗，不會有伏兵，所以才能夠追趕。」

莊公對他的戰略，便非常欽佩了。

而這也是成語「一鼓作氣」的由來。

孔子為
萬世師表

一個學生突然地從座位上站起問道：「老師覺得最快樂的是什麼事？」

孔子朝他看了一眼，要他坐下。「時常溫習學過的功課，」他說：「那是最快樂的了。」

孔子的學生很多，一共有三千人，但最有名的只有七十二個。他教每個學生的方法都不一樣，是看學生的品格和個性而定。有一天，他的學生子路問他：「我們聽到一件應該去做的事，要馬上去做嗎？」

「那怎麼行呢！」孔子連忙搖搖頭：「你有父親和哥哥，應該先徵求他們的意見。」

後來，另外一個學生名叫冉有的，又問孔子說：「我們聽到一件應該做的事，要馬上去做嗎？」

「對的，應該馬上去做。」孔子回答。

這兩次不同的說法，都被公西華聽到了，他感到非常奇怪，便問是什麼道理。

「這道理很簡單，」孔子解釋道：「因為冉有做事很慢，所以要他馬上去做；子路的脾氣很急，所以我要他做得慢一點。」

孔子成年後，才這樣有名；但他年幼時，家境卻很貧窮，可是他非常用功，不論什麼時候，什麼地方，看到別人的長處，總要跟別人學習。看到別人的短處，就檢討自己的過失。在用功時，甚至會整天不吃飯，整夜不睡覺。孔子的智慧很高，也非常努力，所以學問很好。當他跟老子學禮時，帶著驕傲的樣子去見他。

老子見面就問：「你見過大商人嗎？」

孔子點點頭。

「大商人都把錢財藏起，不給別人知道，」老子接著道：「很有才幹的人，看起來好像很愚笨，

你知道那是什麼緣故嗎？」

「不知道。」孔子搖搖頭。

「驕傲和懷有野心，對自己都是沒有好處的。」老子嚴肅地說：「你也不應該暴露自己的才華。」

經過這次教訓後，孔子更虛心了。他問官於郯子，問樂於萇弘，到師襄那裡學琴，凡是有三個人在一起，孔子總認為他們可以做自己的老師，這樣他才博學多能，學生滿天下。

這也是孔子說的：「三人行，必有我師焉。」

勇敢的
子路

　　子路跟著孔子周遊列國；他是孔子七十二個得意學生中的一個。

　　太陽已經下山了，半邊天的雲彩都染得通紅，晚霞非常的美麗，他們很高興的向前走。

　　忽然子路驚叫起來：「前面路上，有很多士兵哩！」

　　孔子和許多學生立刻停下來，細細觀看前面的紛亂軍隊。

　　「左面、右面也有兵啊！」另外一個說。

　　子路回頭巡視一番，只見四面八方都有兵圍住。

　　「誰去探聽情況呢？」孔子眼看著子路從容地說。他知道子路最勇敢。

　　「我去！」子路上前一步，大聲地說。

　　說著，子路去了，孔子叫許多學生圍坐在地上

彈琴唱歌。大家的情緒慢慢地安定下來。

一會兒，子路回來了。「這班東西，太不講理了。」他喘著氣說。

孔子停止彈琴，冷靜地注視他：「是怎麼一回事啊？」

「他們一定要殺死你，」子路暴躁地回答：「說你是魯國的奸臣。」

「他們是誰呢？」孔子慢條斯理地問。

「他們是匡人，首領叫做匡簡子。」子路從行囊裡抽出寶劍，氣忿地說：「我要殺掉那些不講理的東西！」

「不要衝動！」孔子喝道：「你坐下。」

子路非常詫異地看著孔子。「他們無理的圍著我們，」他困惑地說：「當然應該跟他們決鬥。」

「你一個人能打贏這麼多人嗎？」孔子解釋道：「殺人要說明理由，他們會無緣無故的殺我們嗎？」

勇敢的子路

子路無奈，只好跟著孔子的琴聲唱起歌來；但他的心裡仍然非常焦急。

一陣幽揚悅耳的琴聲和歌聲，從他們這裡發散出去，使鄉野的傍晚更富於詩意。圍在四周的匡人，都把兵器放下，傾聽美妙的歌聲。

匡簡子也覺得非常奇怪，一步一步地跟著歌聲走到他們的身旁，仔細地端詳孔子。

匡簡子驚訝地指著孔子問：「你是誰？」

孔子站了起來，很有禮貌地將自己的姓名說出。

「我以為你是魯國的奸臣陽貨，」匡簡子抱歉地說：「我們認錯人了。」隨即叫士兵們退下去。

孔子轉頭對子路說：「依你的主張，一定要殺害許多性命。」他停頓一下。「勇敢是對的，但不能太性急。」

子路慚愧地低下頭。孔子命令繼續前進，向陳國走去了。

子貢是
外交家

　　齊國的奸臣陳恆，為了要削去各大臣的武力，便慫恿國王派兵攻打魯國。

　　孔子聽到齊兵已到汶上，非常吃驚，便問學生們：「誰能夠到齊國去阻止那侵略的軍隊？」

　　子張和子路二人，爭著要去，孔子都沒答應。

　　「我去。」子貢自信地說。

　　孔子聽了非常高興地說：「子貢是最適當的人了。」因為他知道子貢很會講話。

　　子貢到了齊國，便去見陳恆。陳恆知道他是來幫魯國說話的，便擺出神氣十足的樣子。

　　見面時，子貢旁若無人地說：「我今天不為魯國做事，是特地來幫齊國的忙。」

　　「這是什麼話？」陳恆從椅子上站起驚詫地問。

子貢慢吞吞地說：「魯國很難攻，為什麼要冒險呢？」

「難攻？」

「是的。」子貢認真地回答：「魯國的城很低很薄，又沒很好的軍隊，當然難攻。吳國的城很高很厚，又有精兵良將防守，當然很容易打呀！」

陳恆聽了非常氣憤，因為子貢故意把難易顛倒了。

「請你叫他們退開，」子貢指著陳恆的部下，微笑著說：「我再詳細地解釋。」

陳恆的部下和僕人都離開屋子了，子貢接著說：「我看你和各個大臣都處得不好，如果攻破衰弱的魯國，他們得到功勞，勢力更大，你的地位不是更危險了嗎？」

陳恆想一想，點點頭：「那怎麼辦呢？」他顯得很焦急。

「我的意思是，」子貢一字一字地說：「你應

該調你們的部隊去打吳國，讓那些大將被強敵圍困，你便可以在國內專權了。」

這幾句話，正打中陳恆的心坎，他無話可說了。

「但是，兵已派出去了，命令怎麼收回呢？」陳恆搔著頭皮懊惱地說。

「你放心好了，」子貢站起拍著胸口道：「我去勸吳國來攻齊國，你就可再派他們打吳國了。」

子貢到了吳國，見了吳王夫差，說了一套很動聽的話，吳王就派兵去打齊國。

當子貢由越國回到魯國時，齊國的部隊早被吳國打垮。子貢的「救國外交」政策完全成功了。

少年英雄
汪踦

夕陽的斜暉，淡淡地抹在營房上。營內的官兵，吃完晚飯，在營外東一堆、西一堆地蹲著談天。

廚房的門口，伸出一個灰白的頭顱。接著便叫道：「汪踦！汪踦！」

「有！」一個十五歲的孩子，從人群中跳起。

「吃飯啦！」那老人喊著。

汪踦直向著那老人跑過去：「爸爸，我來了。」

老人將菜和飯擺在廚房內一張小桌上。「你快點吃吧！」他是營內的伙夫。

汪踦端起飯碗，很快地扒了兩口，嘴裡含著飯問：「爸爸，你為什麼不吃？」平常他們父子倆都是一起吃飯的。

「我吃不下去。」父親低著頭回答。

汪踦把筷子放下，跑到父親的身旁，拉著父親的膀子問：「為什麼，告訴我好嗎？」

「孩子，你還不懂事；」他父親嘆口氣道：「我們魯國被齊國打敗了！」

汪踦將小拳頭握緊，在父親眼前晃了一晃：「我們可以再去打贏哪。」

父親搖頭。「不行了，」他轉頭向前後望了一望低聲地說：「這些沒出息的官兵怕死，他們打了敗仗，都不敢再上前了。」

「哦！」汪踦忽然驚叫起來。「剛才我聽到他們講，他們都想向後溜哩！」

他父親又深深地嘆了一口氣，頭更低垂了。

「爸！」汪踦推他父親一把大聲說：「你不要愁，我會去打齊國人，為國家報仇！」

父親突地把汪踦抱了起來，親著他的面頰。「好孩子，」他喃喃地說道：「你這樣勇敢，等你

長大後，魯國不會亡，更不會吃敗仗了。」

父親陪汪踦一道吃飯了，但汪踦趕快吃完飯，找了一把鋒利的刀，練習使用的方法。

夜幕漸漸撒開，齊國的兵，像黑夜一樣，團團地圍住魯國的營房。

魯哀公急了，下令衝鋒殺敵。戰鼓「咚，咚，咚……」地響著，魯國的兵只是營門內喊著，一個都沒有上前。

齊兵像海水一樣的漫上來，魯營內亂得一團糟，大家都怕死不敢外出迎戰。

「殺啊，衝啊！」汪踦的聲音喊出，自己拿著刀跑到營門口，營內有四隻手拉住他。

「你何必去送死？」大家都這樣說。

「去殺敵人，比等死強得多。」汪踦瞪著眼睛說：「你們願意做亡國奴嗎？」

拉住汪踦的人，被他罵得滿面通紅，手一鬆，汪踦就單獨地跑出去了。

「殺，殺啊……衝，衝啊……」

汪踦衝出，就在敵人的刀槍下犧牲了。但魯營內全體將士，都感動得流下淚來。

「衝啊……」

「殺……殺……」

魯營內的將士，都像猛虎全部衝出營房，打了一場最大的勝仗。

這時，全國的軍民，都深深地悼念著汪踦。

接受意見
的晉獻公

　　晉獻公上朝後，便問群臣對征伐虢國有什麼計畫；他早就有擴張領土的雄心了。

　　很多大臣認為征伐虢國是困難的，因為晉兵要征伐虢國，中間還隔了一個虞國，如果虞國不肯讓路，大軍就沒法抵達虢國的邊境。

　　大家討論了很久，都沒有想出妥善的辦法，忽然荀大夫發言：「只要我國犧牲兩件寶貝，就可以滅掉虢國。」

　　「第一、屈地所出的良馬，第二、」荀大夫豎了二個指頭自信地說：「垂棘所產的美玉。把良馬與美玉送給虞公，虞公一定會讓路給我們的。」

　　獻公聽完愣住了，這是他最心愛的兩件寶貝，怎能送給別人呢？

　　荀大夫懂得獻公的意思，又上前一步低聲地

說：「如果虞公肯讓路，我們打敗虢國，就可以乘勝滅掉虞國，那時，」荀大夫微笑道：「玉和馬都可以回到晉國來了！」

晉獻公拍著桌子叫道：「好，很好！」突然又頓住了，他低頭想了片刻。「可是，虞國有一個大夫叫宮子奇，他會識透我們的計策的！」

「我早已料到了，」荀大夫說：「虞公很貪利，絕不會聽宮子奇的話，我們絕對可以獲勝。」

晉國的良馬和美玉到達虞國後，虞公召集了群臣研究，能不能讓路給晉國。

「不能！」宮子奇大聲地說：「晉國存心不良，如果我們讓路，虢國滅亡，我們也危險了！」

虞公看到送來的美玉和良馬，心裡非常喜歡，他覺得宮子奇的話沒有道理，於是問道：「為什麼？」

「虞國和虢國，像牙齒和嘴唇一樣。」宮子奇解釋道：「唇亡齒寒。虢國滅亡了，晉國一定會乘

勢來消滅虞國的。」

虞公因為捨不得良馬、美玉，終究沒有接受宮子奇的意見，仍舊借道給晉國。

晉獻公在打敗虢國後，回來便滅掉虞國，良馬、美玉又回到自己身邊了。

這就是成語「脣亡齒寒」的故事。

介之推
清高廉潔

　　晉文公在未做國君時，逃亡在外面十七年，回國登位後第一件事，便是賞賜和他一齊逃亡的功臣。

　　那些人都有了金銀財寶和很大的官爵，獨有介之推一人，被晉文公忘記了。在逃亡期間，介之推忍餓、受凍，吃了很大的苦，但他卻供應晉文公所需的一切，使他生活得十分舒服。

　　一天下午，介之推從外面回來，倒在椅上連連嘆氣。他的母親在旁愣愣地看著他，也為他的受委屈而難過，便撫著他的肩頭安慰他說：「你的功勞很大，為什麼不和國君說明，求一個官做做呢？」

　　介之推突地坐直身子，轉頭對他母親說：「不，我不能這樣做。」他站起身走了兩步。「我不是想得到賞賜，而是看不慣那般小人，自以為有

功擺出一副得意洋洋的樣子。」

「難道他們都沒有功勞嗎？」他的母親感到迷惑不解地問。

「您坐下聽我說，」他搬一張椅子在母親面前，請她坐下，他對母親是非常的孝順的。「晉獻公一共有九個兒子，現在只有文公活著，而且只有他可以做君王了，這是環境造成的。那些卑鄙的人，都想將功勞拉在自己的身上，實在太可恥了，我不願意和他們在一起做事。」

他的母親連連點頭。「很好，很好，」她說：「你的志向很高，不貪求功利，我太高興了。」

介之推馬上跳起來。「母親，您太愛護我了，」他說，「我想回到鄉下種田，怕您不同意我的做法，正在焦急哩！」

他和母親將行李準備妥當，便住到綿山去了。

過了一些日子，晉文公忽然想起介之推的功勞，便叫人到綿山去找他。可是綿山很大，又長滿

了樹木，一百多個人在綿山找了三天三夜，還沒有找到介之推。當時有人建議，用火燒山，他們見了火，一定會自己跑出來。

介之推和他母親躲藏在山內，知道晉文公派人來找他，他仍然不願意出來，後來大火燒到他們的身旁。介之推連忙對母親說：「我背您出去吧，不然，就要被燒死了。」

他的母親睜大眼睛對他說：「你不是不願意和那些爭權奪利的小人在一起嗎？現在怎麼又怕死了呢？」

介之推清高廉潔

「不。」介之推說，「我不怕死，但為了母親，我……」

他的母親說：「那麼我們就死在一起吧！」

火熄了，樹木燒光了。大家看到介之推和他的母親合抱著一棵樹，都被燒焦了。

晉文公看到後非常悲痛，為了紀念介之推，改綿山為介山，將山上所有的田，改為祭田。還下令要全國老百姓，在燒山的這一天，不准起火燒飯，一律吃冷食。

這天我們稱做「寒食節」。

附註：介山在現今山西省沁源、靈石、介休三縣交界的地方。

程嬰
誓守信義

趙朔一家都是晉國的功臣，全國人民都擁戴他們，所以屠岸賈非常妒忌，便帶了兵馬圍攻趙府，殺了趙朔，而且將趙家老幼全部殺死，只有趙朔的妻子，莊姬逃到別處，沒有被害。

當時莊姬已懷孕，不久就生了一個男孩。屠岸賈知道了，又帶兵馬圍在屋外，要殺盡趙家的後代。

外面的人馬嘶叫著，莊姬抱著嬰孩瑟瑟地抖顫，她想：「自己死了不要緊，可是趙家的後代絕了可不行的。」

這時，趙朔的朋友程嬰走到她面前：「你把小孩交給我吧，」他說：「我會好好護養他的。」

程嬰和趙朔的另一部將公孫杵臼兩人將小孩用棉絮包好，藏在字紙簍裡，結果沒有搜查到，他的

母親莊姬卻被殺死了。

他們將小孩偷送到鄉下茅屋裡，但屠岸賈仍不死心，懸賞很高的賞金，並且挨門逐戶的查覓，一定要殺死那小孩。

程嬰聽到這消息，非常愁悶，坐在屋角，左手揉著額角，盯著那搖籃裡嘻笑的小孩，心想：「他馬上就要沒命了。」

公孫杵臼背著手，在屋裡踱來踱去。「你想有什麼好辦法嗎？」他停下來問程嬰。

「辦法倒是有一個，可是，」程嬰吃力地說：「要犧牲一個小孩，還要有人捨自己的一條性命，那樣屠岸賈就不會搜查全國了。」

「好吧，」孫杵臼摸著自己的長鬍子說：「我年紀大了，為了維護趙家後代，可以犧牲，但哪裡去找一個小孩代替呢？」

程嬰連忙說：「我自己的小孩，和趙家的孤兒年紀差不多，就這樣決定吧！」

於是，程嬰去告發，屠岸賈不知真相，便把公孫杵臼和冒充趙朔兒子的小孩殺死了，程嬰還領了千金的賞金。

程嬰盡心地養育孤兒，並為他取了一個名字叫趙武。

十六年後，屠岸賈死了。晉國的國王聽了忠臣的話，尋回趙武，承繼趙家的功業；將原先沒收的房產田地，也都發還趙家。

這時，程嬰看到趙家又興盛起來，便對大家宣佈：「我過去為了保存趙家後代，害了老友公孫杵臼。我比他多活了十六年，現在應該去會他了。」程嬰說完，便拔劍自殺，隨即倒在地上死了。

附記：程嬰和公孫杵臼都是春秋時代晉黃人，現在河南姓趙的人，仍然築有祠堂祭祀他們，表示感激的意思。

管仲
不顧私誼

管仲和鮑叔，在一起做生意。算帳時，管仲多拿了一倍。

旁人見了都替鮑叔抱不平，認為管仲分配不均，對不起合夥的朋友。

鮑叔馬上替管仲辯護：「管仲並不貪多，實在因為他太窮，是我願意讓他多拿的。」

後來管仲知道了非常感動。他說：「生我的是父母，最了解我的，只有一個鮑叔。」

管仲雖然不拘小節，但他做大事卻很有才幹，所以鮑叔便向齊桓公推薦他做宰相。

當管仲任職時，桓公問他：「怎樣才能治理國家，使社會安定？」

管仲馬上回答說：「一定要先立四維。」

「什麼叫四維呢？」桓公性急地問。

「四維就是禮義廉恥，」管仲解釋道。「沒有四維，國家就要滅亡了。」

桓公很信任管仲的才能，管仲便放心大膽的為國家做事。為了要使人民守法，不為非作歹，管仲就從解決他們的生活著手，他認定「一切為人民」的目標，去設法解決老百姓的民生問題，很快的就國富民強，人民都非常高興。

管仲將內政治好了，便用外交手段，向外發展。他尊重周王，扶助弱小民族，見到強橫的和昏亂的國家，便去征討。桓公由於管仲的幫助，便成為諸侯的領袖。

一天，管仲同桓公一齊去打宋國，在路途中，忽然有一個牧羊的人要見管仲。

管仲的部下回答說：「他的車子已走在前面了。」

牧人想了一想道：「請你告訴他一句話。」

「什麼話呢？」

管仲不顧私誼

「浩浩乎白水。」牧人說。

部下很快的跑到前面，轉告管仲。

管仲連忙停車，叫人找回那牧人。因為〈白水〉是一首詩，詩中的意思，暗示著牧人要做官。

見面後，管仲知道那牧人叫寧戚，學問很好，馬上向桓公推薦，桓公便叫寧戚做大夫。

管仲病了，桓公親自去探病，並問鮑叔是不是可以代替他做宰相。

管仲搖搖頭。「鮑叔為人正直，但不能為國家受一些委屈。」他想了一想道：「最好還是隰朋。」

有一個小人，將這事告訴鮑叔，他說：「最初你推薦他做宰相，他現在反而不幫你忙，這太不公平了。」

鮑叔笑道：「這就是管仲不顧私誼忠心為國的長處啊！」

正氣凜然
的太史

　　崔杼將自己的國君齊莊公殺死了，國內立刻混亂起來。崔杼為了平息人民的憤怒，馬上扶立公子杵臼做國君，還命令太史伯，用莊公患瘧疾的虛偽事實記在史書上面，免得讓後人知道他殺了國君。

　　太史伯坐在他對面的桌子上，手拿著筆，眼睛瞪視著崔杼，他覺得自己記載太史的責任很大，怎能將不正確的事實記載到歷史上去呢？於是，他堅決的坐直了身體，在簡策上寫著：「周靈王二十年，夏五月乙亥。崔杼將國君莊公殺死──」

　　他還沒有寫完，崔杼見了，便怒吼著叫武士殺死太史伯。太史伯的二弟名叫太史仲，聽到後，便說：「我的哥哥為了主持正義，不願放棄自己重大的使命被殺，難道我就不能繼續哥哥的任務嗎？」說著他便將崔杼殺國君的事實，記在另一個簡策上。

崔杼知道了，也把他殺死。太史的第三個弟弟名叫太史叔，接著兩個哥哥記載歷史的重任，也被崔杼殺死了。

　　現在，太史只有一個四弟名叫太史季，他看到三個哥哥被殺死的情形，便自告奮勇的說：「我絕不怕死，還要記崔杼殺國君的事實。」

　　太史季搬出簡策，正要提筆寫時，崔杼來了。

　　「你的三個哥哥都死了，你真不愛惜自己的性命嗎？」崔杼對他嚴厲地說。「如果你用其他的事，遮掩了我的過失，我就不殺你！」

　　太史季冷笑道：「史官的責任是根據事實記載，如果為了偷生在世上而失職，還不如痛痛快快的死掉！」

　　崔杼聽後大怒，立刻拔出劍來，指著他道：「好吧！你寫完命就沒有了！」

　　可是，太史季仍很沉著的拿起筆來，絕不受他的恐嚇。「這有什麼用呢？現在我如不按事實記

載，全國記載你殺國君的人一定很多；所以，」太史季大聲地說：「我不畏懼一切，一定要完成史官的責任。」說完，他就規規矩矩的寫了起來。

崔杼瞪著他，心裡感到很難過，覺得自己的大逆不道，是永遠不能隱瞞的了。只好收回寶劍，低著頭，悄悄的溜出去。

太史季終於完成史官的重責，記下崔杼殺國君的事實。

忠孝難全
的專諸

專諸踏進門，公子光就把房門關了，他感到屋內空氣很沉悶。

這房間很小，只有一張床、一張桌子、兩張椅子，專諸在這裡服務九年，還是第一次進入這密室。他知道公子光，一定有很重要的事和他談。

他的臀部只有半邊坐在椅子上，視線緊隨著公子光。公子光在床頭一隻漆黑的小箱裡，抽出一把劍來。這劍不到一尺長，在燈下閃閃發光，他猜測這把劍一定很鋒利。

公子光兩手捧著劍，走到他面前，他像被利劍的寒光刺傷了，霍地站起。

專諸的雙手哆嗦接住利劍。「你……你的意思，我……」他結結巴巴地說，「我懂……懂了，可是──」

「你沒有勇氣？」公子光失望地問。

專諸搖頭。「殺王僚很容易，只是要拿性命去拚；」他嘆氣道：「我有老母……」

公子光是吳國國王的兒子，奸賊王僚奪了王位，現在公子光要派專諸去殺掉王僚，收回祖國的土地。

公子光搶著道：「你的母親就是我的母親，我會奉養她老人家的。」

專諸想了很久，低聲地說：「我應該先告訴母親。」

「媽，我不能離開你，也沒有勇氣離開你。」專諸跪在母親的膝下，臉伏在她的懷裡。

他母親的右手撫著他的後腦，左手輕拍著他的肩膀。「你去吧，不要牽掛我，我會活下去的。」

「媽，不！」專諸抬頭望著母親。「一定要等你百年歸西，我才去為公子光做這件事。」

屋中沉寂了，他們的頭低垂著，兩隻手在他的脊

背上摩挲著，好像要在他身上摸出難題的答案似的。

　　「好吧！就這樣決定。」母親過了很久，才啞著喉嚨道：「等我死後，你就去做你自己的事吧。現在我很渴，你去倒一杯水吧！」

　　專諸拿水回來，看見臥室的門緊閉著，他用力也推不開，慌忙拿刀劈開，只見他的母親已高高地吊在屋梁上。

　　他趕上前去，用刀子割斷繩子，放下母親，可是她的氣已經斷了。專諸愣愣地看著母親，他沒有哭，他沒有淚，悲傷像一根鐵棒似地將他擊昏了。

　　埋葬了母親，專諸便對公子光說：「我可以死了。」

　　專諸扮成伙夫，把利刀藏在煮熟的魚肚裡，送到王僚的面前，然後抽出它來把王僚刺死，但他也被四圍的甲士殺掉了。

　　後來，公子光做了國王，還時刻想念著專諸的忠勇。

軍事家
孫子

在後花園的涼台上，伍子胥跟著吳王遠眺晚霞。

吳王望著朵朵白雲，卻想起自己的政略和戰略，覺得吳國有用的人才很少，無法實現自己稱霸圖強的目的，便深深地嘆了一口氣。

伍子胥懂得吳王的心理，馬上對他說：「國內有傑出的人才，為什麼不用呢？」

「是誰？」吳王性急地問。

「孫子！」伍子胥回答道：「他已寫了十三篇兵法。」

吳王讀了孫子的兵法後，對他非常欽佩，便約定日期要孫子到宮中面談。

吳王見到孫子便說：「你的大作，我已拜讀；但不知你用兵的方法，可以小規模地演習一下嗎？」

「當然可以。」

「能用婦女來演習？」

孫子點點頭。

吳王便召集宮中一百八十名美女，孫子把她們編成兩隊，指定吳王的兩個愛妃擔任隊長，並將兵器分發給她們。

孫子將前進、向右轉和向左轉的方法和動作，詳細的講解了幾遍，便問大家：「你們都懂了嗎？」

「懂了。」大家回答。

孫子又把軍隊的法令告訴她們，還叫執行法令的刀斧手站在兩旁。

孫子發口令：「向右——轉。」

那些宮女都哈哈大笑起來。

「你們做錯了，因為動作沒有熟練，對軍隊的法令還沒有明白，這是我的責任。」於是他又詳細的講解了三遍。

孫子又發口令：「向左——轉。」

她們有向左轉的，有向右轉的，隊伍一團糟，大家又狂笑了陣。孫子的臉色變了，厲聲的說道：「你們對軍法和動作沒有熟練，做錯了是將領的責任。明白以後不按規定去做，就是軍官的責任了。」他對刀斧手說：「把兩個隊長帶出去殺掉。」

在閱兵台上的吳王，看到這情形，立刻下台說：「她們二個人離開，我飯都吃不下去。現在我已知道你用兵的本領，你不要殺她們吧！」

「這是軍令，」孫子說：「軍令是沒有人情的。」他隨即將兩個隊長殺了，另外指派兩個隊長，繼續演習。

這時，不論發什麼口令，全隊的動作整齊嚴肅，一切都合乎要求。吳王才深深地認識孫子的才能，便用他做將領，吳國就漸漸強大起來。

成語「三令五申」就是由此而來。

墨子
救國愛民

墨子從齊國往楚國去，不停地走了八天八夜。這時，太陽已經下山，夕陽將樹葉抹上了金黃的色彩。墨子坐在樹下，雙手撫著腳趾休息，他的兩腳都起了很大的水泡，疼痛難忍，實在沒法再走了。

墨子將自己的上衣脫下，把兩隻腳包起。這樣，他的痛苦減輕，仍然可以前進，他的任務就可以達成了。他現在要到楚國去，勸公輸般不要攻打宋國，因為他是宋國人。

又走了二日二夜，他終於到達楚國了。進了都城，他找到了公輸般便問：「你要攻打宋國嗎？」

「是的。」公輸般乾脆地回答。

「你應該先去殺掉楚王。」

「胡說！」公輸般驚叫道：「你怎麼說出這樣不合理的話？」

「要你殺楚王一個人，你就認為不合理；」墨子冷笑道：「你如果去攻打宋國，就要殺成千成萬的人，那算是合理的事嗎？」

公輸般的臉紅了起來，半晌說不出話，想了片刻才訥訥地說：「攻宋國是楚王的命令，你最好對楚王去說。」

墨子和公輸般一同去見楚王，他用正義和真理就把楚王說服了。但楚王仍然狡猾的說：「公輸般已造好攻城的雲梯，攻打宋國就很容易了。」

墨子聽了很生氣。「你以為雲梯是萬能？」

「當然，當然。」公輸般做了一個滑稽的鬼臉接著說：「用雲梯打宋國，易如反掌。」

「好吧！我們先來試一下。」

當著楚王的面，墨子搭了一個城市的模型，他自己拿著兵器擔任防禦的工作，公輸般也假設了攻城的雲梯，做攻打的姿勢。

公輸般第一次進攻時，被墨子抵擋了無法前

墨子救國愛民

進。第二次另換一種方式，也被墨子打退了。一連進攻了九次，公輸般都失敗了。

公輸般停止攻打，走到楚王面前，和楚王耳語片刻，然後對墨子說道：「我已知道你防禦的方法了。」

「我也知道你進攻的方法了！」墨子哈哈大笑。「你以為殺死我，就可以攻破宋國了嗎？現在，我的三百個學生，拿了我守城的器械，在宋國城頭上等你哩！」

楚王見到他們的攻守情形，知道公輸般的戰術，無法獲勝，就發布停戰的命令。

於是，墨子非常高興地回到祖國去了。

墨子如此為國為民，不辭辛勞在各地奔波，從頭頂到腳跟都受傷，而引申出成語「摩頂放踵」。

以誠退敵
的華元

　　楚莊王率領大將子反，統馭了十萬大軍，浩浩蕩蕩地殺奔宋國。

　　宋國的大臣華元，認為楚國很強大，人馬精壯，如果以弱小的宋國去和他對敵，一定會戰敗，但華元知道楚國許多兵馬，來到這遙遠的宋國來作戰，糧餉不會充足，只要宋國能守住一段時日，他們一定要退兵的。

　　於是，華元決定死守城池。

　　楚兵到達宋國後，便圍住城池，日夜猛烈地攻打。華元便率領全國的軍民，全心全力地守城。城牆被攻破了，連忙補起；低窪和不牢固的地方，趕快加高填塞，並且靈活的運用炮石、刀槍，絕對不讓楚兵爬進城來。

　　日子慢慢滑走，圍城從九月間開始，過了五個

月，已到第二年春天了。但楚兵的糧食，還沒有缺少的現象，而宋國城內軍民的生活卻無法維持了。華元除了計畫守城的方法，隨時巡邏督促外，又調配他們的食糧，不斷的安慰他們，勉勵他們，使守城的工作能繼續下去。

一天，已是深夜了，華元帶著兩個侍衛在城頭巡邏，忽然聽到一個守城的老百姓說：「我實在沒有力氣，已經三天沒有吃飯了。」

「唉！」另一個守城的人嘆氣道：「誰都是一樣，我看見鄰人，將他們的小孩子給別人吃，自己也吃了別人的孩子。」

華元聽了，心裡非常難過，但他也沒有辦法解決全城的食糧問題。他正想上前去安慰他們，忽然有一個守城的軍士來報，說是楚將子反，架著雲梯窺探城中的形勢，於是華元連忙趕到子反架雲梯的地方，將城內缺糧實情告訴子反。

子反聽了他的話，突然愣住了，想了半天，才

以誠退敵的華元

結巴地說：「我……我是你的──敵人，你為什麼把這情報告訴我？」子反很懷疑他的話是否真實。

「因為我知道你是君子，」華元誠摯地答說：「我將這實情告訴你，你一定會同情我們；如果你是小人，我就不會告訴你了。」

子反被華元的話感動了。「我們也只剩七天的食糧了，」他說：「如果再攻不破城池，也就退兵了。」

子反回到營地，將宋國城內的實情，以及他和華元的談話全部報告楚王。

楚王拍著桌子怒吼道：「你為什麼將我們的軍情洩露給他？」

「那麼小的宋國，還有一個不欺騙別人的華元；」子反沉著地說：「難道堂堂的楚國大將，還願意對他們撒謊嗎？」

楚莊王聽了，噗哧一笑，便下命令退兵回國，宋城的危機也解除了。

忠於太子
的黃歇

秦國的大將白起，把韓、魏兩國打敗，接著就要和韓、魏一同去攻打楚國了。

　　這時，楚國的大使黃歇，剛好到達秦國，聽到這消息後，知道楚國不是秦國的對手，他很替祖國擔憂，於是便寫了一封信給秦王，請秦國不要去攻打楚國。

　　秦王見黃歇說得很有道理，就命令白起回國，接著和楚國訂了和平條約，楚國也派了太子住在秦國，表示降服的誠意。黃歇達成和平的任務後，才回到楚國。

　　楚太子在秦國住了三年，秦王還不讓他回國。

　　一天，黃歇見楚王病了，但太子仍留在秦國，所以他心裡很焦急，便連夜趕到秦國，去見秦國的宰相應侯。

他問應侯：「你知道楚王生病的事嗎？」

「知道的。」

「那麼，為什麼不讓楚太子回國呢？」

應侯反問道：「你有什麼理由嗎？」

「如果楚王病死。」黃歇說道：「秦王不讓太子回國，楚國另外立了太子，現的太子就變成平民，留在秦國，對秦國有什麼好處呢？」

應侯將這意見，轉告秦王，秦王也認為很有道理，但先要太子的師傅回國，探望楚王的病況，然後再作決定。

黃歇覺得這樣還是有問題。因為楚王真的病危，在太子沒有回國前，另立了太子，那就無法挽回了。

於是，黃歇叫人找出一套車夫的衣服，叫太子穿好，化裝做太子師傅的車夫，駕著車子，逃出了秦國。

太子走後，黃歇守在太子住的寓所內，預計太

子已到達楚國邊境，他便去朝見秦王。

他向秦王報告：「我國的太子已回楚國了。」

「好大的膽子。」秦王拍著桌子怒吼道：「你敢這樣欺騙我？」

「為了要使太子能夠回國，繼承王位，我才欺騙大王。」黃歇認真地說：「現在我願意自殺在大王面前──」

「慢來！」秦宰相應侯急忙上前道：「黃歇對太子如此忠心，太子繼承王位後，必然重用，現在放他回國，將來對秦楚的邦交必有很大的益處。」

秦王接受宰相的意見，黃歇很平安的回國了。

楚王死後，太子繼承王位，他感念黃歇的忠誠和功勞，任命黃歇做宰相，封黃歇為春申君。

勾踐
臥薪嘗膽

吳王夫差領了精兵，將越國的軍隊打敗，越王勾踐逃到會稽（現在的浙江省）。吳王又用兵把他圍困起來，越王知道無法挽回危局，只有向吳國投降，獻出很多珠寶和一個絕色的美女西施，而且自己還率領了妻子到吳國服役，吳王才接受和議。

　　勾踐到了吳國，吳王叫他穿囚犯的服裝，和他的妻子一同在吳王的祖墳旁邊做苦工。吳國的人經過那兒，看到他們那副模樣，都大聲地嘲笑，勾踐的內心雖然很痛苦，但表面仍裝著心悅誠服的樣子，在背後卻暗暗地和大臣范蠡討論復興祖國的計畫。

　　有一次，吳王忽然病了，勾踐連忙跑進吳王的宮中細心服侍，表現出十分關切的樣子。吳王在這期間看到勾踐這樣恭順，以為勾踐真正的信服他

了，便允許勾踐回國。

越王回到自己國家後，自己的桌旁和床前，掛了許多苦膽；同時，將過去在宮內睡覺用的安適的床鋪抬出，叫人搬了許多稻草來，鋪在地上。

勾踐的妻子看到他忙亂的情形，覺得非常奇怪，便問道：「你為什麼這樣做呢？」

勾踐把稻草鋪平了，便倒臥草上，眼睛瞪著他妻子說：「難道你已忘記做亡國奴的生活了嗎？」

「沒有忘記，」她答道：「可是，這和你現在所做的有什麼關係呢？」

「這道理很簡單，」勾踐坐在稻草上大聲說道：「我們要復興祖國，就要過艱苦的生活，如果太安樂了，就會忘記亡國的恥辱。因此我要睡在草上。時常去嘗嘗膽的苦味，可以忘記一切的享樂，專心國家的大事。」

這樣，勾踐在吃飯、睡覺或做事的時候，都常用舌頭去舔一舔膽的味道。晚上睡在粗亂的草上，

白天參加農人的耕種工作。他的太太也親自織布，過著勤勞節儉的生活，並定了埋頭苦幹二十年的復興計畫。一面安撫百姓，訓練壯丁，使全國的人們，都變成戰場上的勇士。

越國的軍政大事，經過勾踐的計畫和整頓，只有幾年工夫，就成了很強大的國家，有著精銳的軍隊，便趁機率兵攻打吳國，吳王夫差終於失敗自殺。刻苦自勵的勾踐，便報了大仇，收回失去的國土。

這也是成語「臥薪嘗膽」的由來。

豎穀陽
弄巧反拙

楚王親領兵馬，在鄢陵和晉國打仗。不幸打了敗仗，楚王的眼睛，也受了傷。

楚國的軍隊，在城外紮營，準備再和晉國決戰。這時，楚國的大將軍司馬子反，在帳棚內，因焦愁戰事，感到非常煩悶不安，成天捶胸嘆氣。他平時非常喜歡喝酒，但在這戰爭危險的當兒，他怕喝酒誤事，所以滴酒不沾。這時酒癮上來了，感到口乾舌燥，胸懷窒息難耐，於是他大聲喊道：

「拿水來。」

跟隨司馬子反十多年的一個忠實侍役，名叫豎穀陽。他在門後，暗暗窺著主人的行動，見主人坐立不安，他知道司馬子反是酒癮上來了。這時，聽到主人要水的命令，連忙捧上一杯水去。

司馬子反喝完了水，但還是無法安靜下來，連

連在屋內頓足、揮舞著手臂，咬著牙齒，像要立刻殺死晉兵的樣子。

豎穀陽在門後，看了非常難過。他想不出什麼辦法使主人安靜。唯有拿酒上去，才可使主人高興，但他知道主人見了酒，就不肯放手，要一直喝下去，那樣一定會誤了戰事。後來見主人抓著頭髮，瞪著兩眼，腦袋連連往木柱上撞，他覺得一定要用酒去解救主人。急忙跑到後面，找了一把很小的酒壺，裝滿了酒，再拿一隻酒杯，捧在主人的面前。

司馬子反見豎穀陽捧來酒壺、酒杯，忽然一愣。這時一陣酒香，直噴向他的鼻孔。

「混蛋！」司馬子反大聲吆喝道：「誰叫你拿酒來？」

「我……我看到大將軍難過，所……所以……」

「滾出去！」

豎穀陽抱著酒壺、酒杯，彎腰退到門口。忽然司馬子反又招手道：「拿來吧！」

一小壺酒喝完，又叫豎穀陽連連添酒，兩小時以後，司馬子反已醉得像條木瓜了。

這時，楚王為了要商討軍情，派人來叫司馬子反前去。豎穀陽慌了，就推託說是主人心痛，無法立刻前往，等心痛停止，再來朝見楚王。

楚王聽說大將軍有病，立刻前來探視。走到司馬子反營帳，聞酒氣沖天，再看到司馬子反醉酒的樣子，心中非常生氣。便召集將士訓話道：「和敵人打仗，我已受傷，現在司馬子反不顧戰事，獨自飲酒，這仗怎麼還能打下去呢？」

楚王立刻下令撤退，同時也將司馬子反按照貽誤軍情的軍法辦罪。司馬子反當時即被殺死。

豎穀陽這時後悔，已來不及了。

孫臏
足智多謀

　　齊國的大將田忌，回到家低頭悶坐著嘆氣。他的部下孫臏看到了，便問：「為什麼不高興？是不是擔憂明天比箭的事？」

　　「是的。」田忌跳了起來，嚷道：「有什麼辦法可以得勝嗎？」因為每年田忌比箭都輸了，不但得不到齊王一千兩黃金的錦標，同時還受全國老百姓的嘲笑。

　　孫臏微笑地說：「今天我看到預賽的情形，你的部下失敗，是由於馬匹不如人家；假使要想勝利，一定要從馬匹方面想辦法──」

　　「可是，明天就比賽了，有什麼辦法好想？」

　　「這事情很簡單，」孫臏豎起三個指頭說：「你可以將馬匹分做三等。先用下等的馬和他們的上等馬比賽，再用上等的馬和他們的中等馬比賽，

然後用中等馬和他們的下等馬比賽，這樣你只輸一次，卻已贏兩次了。」

田忌按照他的辦法去比賽，輕易的獲得千金錦標。他很佩服孫臏的妙計，便在齊王面前推薦孫臏。

這時，魏國的大將龐涓侵略趙國，齊王就叫田忌去救趙國，孫臏便跟田忌做軍師。

孫臏和龐涓本來是同學，龐涓知道孫臏的才能比他高，所以想盡方法，將孫臏的兩足削掉。這樣，龐涓以為孫臏不能和他對敵了，可是現在孫臏卻在田忌的麾下和他鬥智。

孫臏不去救趙國，大兵一直進攻魏國，龐涓怕自己的國都被攻破，便連忙撤兵回國。齊兵乘他遠來疲憊，迎頭攻擊，魏兵便大敗，趙國的圍也解了。

後來，魏軍又去攻伐韓國，孫臏仍用老方法去攻魏國的都城大梁，龐涓又趕了回來。這時齊軍已

孫臏足智多謀

越過大梁，龐涓卻在後面急急追趕。

齊軍每日燒的土灶，本來有十萬個；第二天紮營時，孫臏便下令只許造五萬土灶，第三天只造三萬。

龐涓每天跟著孫臏後面窮追，見齊軍的土灶逐日減少，認為齊軍逃亡一定很多，便帶著極少的騎兵，日夜地追趕，希望將全部的齊軍消滅。

孫臏到了馬陵以後，預計龐涓今晚到達此地。便指揮齊兵四處埋伏，並削去路旁一棵大樹的樹皮，寫了「龐涓死於此樹之下」白色大字。同時下令：「發現樹下火光，全軍發箭。」

龐涓趕到此處，隱約地見到樹上有字，他要尋覓齊軍的蹤跡，便叫士兵點起火來，想看個明白。

埋伏在四處的齊兵，猛力的射箭，魏軍立刻潰亂，紛紛逃竄。龐涓見無法挽回大局，便自殺在樹下了。

豪爽的
孟嘗君

　　齊國的宰相孟嘗君，被秦國聘去做事，接著就被秦王扣留了。

　　孟嘗君立刻召集他的全部食客，研討回國的辦法。孟嘗君很豪放，喜歡招待賓客，平時他家常年供養的食客就有三千人，這時孟嘗君遭遇到困難，大家便紛紛提出意見。

　　大家討論了半天，認為要想離開秦國，一定要請秦王愛妃卓姬幫忙，因為她講的話，秦王全部會聽從的。一個最會講話的食客去見卓姬了，卓姬答應幫忙，但她要孟嘗君的一件白狐皮裘。

　　孟嘗君聽後，心裡更加煩亂，因為他的一件名貴狐皮，早已獻給秦王，現在無論如何也拿不回來了。他背著手，低著頭，在大廳裡來回的走著，想不出一個好辦法來。

忽然，一個身材又瘦又小的食客，走到孟嘗君的面前，說：「要買一件同樣的白狐皮很不容易，現在，只有到宮內去偷出來。」

孟嘗君看了那食客一眼，根本不認識他，就知道那食客是沒有什麼特長的。「先生，你不要講笑話了。」孟嘗君皺緊眉頭對他說：「到深宮裡去偷寶物，會這樣容易？如果被秦王抓住了，既犯罪，又丟臉！再說，到哪裡去找這樣的人呢？」

「請你放心好了，」那矮小的食客扠著腰說：「我學過一點口技，能學狗叫，任何人都分辨不出真假，今晚我裝著狗叫，混進宮內，就可盜回寶物了。」

夜深了，那矮小的食客學著狗叫，混進宮去，很容易地偷出白狐皮裘。

狐皮裘送給卓姬後，她便在秦王面前，替孟嘗君講了很多好話，秦王就很快地將孟嘗君釋放了。孟嘗君獲得了自由，便率領全部食客，連夜趕奔齊

國；因為他知道秦王是會後悔的。

釋放孟嘗君的事，被秦國的許多大臣知道了。便都說：「孟嘗君到秦國後，知道了秦國許多的軍事祕密，如果讓他回國，秦國一定要受害的。」

這時秦王才知道自己失策，馬上派兵去追，要將孟嘗君捉回。

孟嘗君到函谷關時，已過半夜，如果出了函谷關，就脫離秦國的掌握，一切都不用愁了。可是後面追兵很急，要是不能立刻出關，就要被秦兵捉住。

大家在關內十分慌急，因為根據這裡的規定，一定要等到雞啼時，關門才會打開。

「喔——喔——」突然，一陣響亮的雞啼聲在食客群中叫起來。大家很詫異地巡視，才發現是一個食客捏著鼻子發出的啼聲。

那食客接二連三地叫著，附近人家養的雞，也跟著叫起來。守關的聽到雞啼聲以為天亮了，於是起

身打開關門。

當秦兵趕到時，孟嘗君和食客們早已平安地出關了。

孟嘗君回國後，不再輕視那些雞鳴狗盜——只有一技之長的食客，對待其他食客也更有禮貌了。

而「雞鳴狗盜」一詞也就延用至今。

馮驩
為君買義

一天下午，有一個名叫馮驩的請求孟嘗君收留他做食客。

孟嘗君問：「你有什麼學問嗎？」

「沒有。」馮驩答。

「你有什麼本領嗎？」

「沒有。」

孟嘗君皺了皺眉頭，覺得他是一個飯桶，但他仍然收留他，說：「好吧，你先住下吧！」

第二天中午，孟嘗君從外面回來，經過客廳時，聽到有人敲著寶劍唱道：「寶劍啊！我們回去吧！我沒有魚和肉吃啊！」

孟嘗君問是誰唱的，他的隨從告訴他說：「就是前天來的那個沒有學問，也沒有本領的馮驩。」

孟嘗君說：「給他一點好東西吃吧！」

過了幾天，孟嘗君又聽到他唱道：「寶劍啊！我們回去吧！我出外沒有車子可坐啊！」

孟嘗君就撥給他一部車子。但不久又聽到他唱道：「寶劍啊！我們回去吧！我沒有錢養家啊！」

孟嘗君便派人送錢和衣服到他家裡，以後就沒有聽到他唱了。

過了很久，孟嘗君想找一個能幹的人，到薛城去收欠債。因為薛城是孟嘗君的封（根據）地，有很多的老百姓欠債沒有還，孟嘗君便在食客當中徵求願去收債的人，馮驩很快的簽了名。

孟嘗君見了他的名字，卻想不起他是誰。後來，他的隨從告訴他：「就是敲著寶劍唱歌的那個人。」

孟嘗君立刻請馮驩來，歉疚地對他說：「以前不知道先生有這樣的才能，招待不周，十分慚愧，現在收債的事，要請你辛苦一趟了。」

馮驩臨出發時，問孟嘗君道：「債款收到後，

馮驩為君買義

要買些什麼東西回來嗎？」

「你看我家中缺少些什麼，就酌量買點兒回來。」

馮驩很快地收完帳回來了，大家都非常奇怪，因為以往收債的人，都要花費很久的時間。孟嘗君也很高興，立刻出來見他。問道：「帳都收齊了嗎？」

「收齊了。」馮驩答。

孟嘗君很欽佩他辦事迅速。接著又問：「你買些什麼？」

「我臨走時，你要我買家中缺少的東西。」馮驩沉靜地說：「我想了很久，覺得家中金銀財寶很多，車馬也不少；所以就把家中缺少的『義』字買回來了。」

孟嘗君很驚奇。「『義』字怎樣買的呢？」

「我到薛城後，」馮驩說：「看到當地的老百姓，都很窮苦，我知道這是你的封地，應由你保護

他們，不該再逼他們的債。所以我便召集全部欠債的人，當面將借據燒毀，並告訴他們：『孟嘗君永遠不要你們還債了。』當時大家都跳躍著高喊道：『孟嘗君萬歲，萬歲，萬萬歲！』這不是我所買的『義』字的嗎？」

一年後，齊王不信任孟嘗君，他的宰相職務也被免除了。全國沒有他居住的地方，只有回到他的封地薛城了。

他帶著食客，車馬還沒有到薛城，薛城的老百姓全部出來了。男女老少都壅塞在路旁，揮舞著手臂高呼：「歡迎孟嘗君回來！」「孟嘗君萬歲！」

孟嘗君看到老百姓歡迎的熱忱，感動得流下眼淚來。他掉頭對坐在身旁的馮驩說道：「你當年幫我買的『義』字，我已經看到了。」

田單
使火牛陣

　　燕國的大將樂毅，連續攻奪齊國七十幾座城市。齊國能保住的只有莒（就是現在的山東莒縣）和即墨（故城在山東省平度縣東南）兩城了。

　　樂毅攻莒城五年沒有攻破，又集中目標攻即墨。即墨的守城將軍戰死，全體軍民便推田單做領袖，共同抵禦燕軍。

　　田單負起守城的責任後，除了加強防禦工事，日夜戒備外，同時還定了兩個間諜計畫。

　　第一，他派了許多工作同志，到燕國去散佈謠言，大家都說：「齊國七十多個城市，被樂毅在六個月內攻破。現在還有兩城，五年都攻不下來，那並不是樂毅的兵力不足，而是他生了野心，想乘機自己做齊王……」

　　這些話傳出後，燕王也知道了，立刻另派大將

代替樂毅，這是田單的第一個計畫。

　　第二，田單又派人到燕國的軍營去散佈謠言：
「如果將齊國的俘虜割去耳朵和鼻子，擺在前面和
齊國打仗，齊兵看見後，就嚇得逃避，燕軍一定要
打勝仗⋯⋯」。

　　接著又派人去說：「即墨城內軍民祖先墳墓，
都在城外，如果將他們的祖先墳墓掘出，齊兵就沒
有心思打仗了。⋯⋯」

　　燕兵一面派人挖取齊人祖先的墳墓，同時還把
俘虜去的齊兵割去耳鼻，擁在城外攻打。城內軍民
看到燕軍如此殘暴，都氣憤得要和燕軍拚死命，這
是田單的第二個計畫。

　　兩個計畫都成功了，田單於是下令把城裡所有
的牛都集中在一起，合計有一千多隻。每隻牛的身
上，披紮了畫著五彩條紋的外衣，兩隻角上都縛著
鋒利的刀子，尾巴上綁著柴草，塗抹油脂。

　　每隻牛都裝束好了，田單就把牛排列在城牆的

四周。城牆早已挖好了洞穴。

田單約好燕軍，說這時齊兵準備出來投降；所以燕國的軍隊齊集城外。

「噹，噹……」的鐘聲，是田單發的號令。齊兵把牛尾上的柴草，用火點燃了，每隻牛尾都發出很大的火光，燒痛了牛的肌肉，牛就拚命的向前衝，衝啊，衝啊，衝啊……。

燕兵正在城外閒散地等著敵人出來投降，忽然看見城內無數花花綠綠的怪獸衝出來。他們從來沒有看到過角上有刀、尾巴有火光的動物，便都慌忙逃避，但火牛已衝到他們的面前了。

一片淒厲的喊聲震盪著，燕軍不是被牛角上的刀刺死，就是被牛蹄踐踏死去。在火牛的後面，田單早已選了五千名勇士，跟著追殺。燕軍無法抵禦，全部潰散了。

齊國失去的七十幾座城市，也就全部光復了。

深得軍心
的吳起

　　熱紅的太陽，從東方爬起，魏國的君臣都已上朝了。

　　魏文侯高坐在廷上，下面文武大臣分列兩旁。他便問大家道：「你們知道吳起這個人嗎？」因為吳起投奔到魏國，想在魏國服務。

　　在左面行列裡有一個大臣，向前跨了三步，恭敬地回答：「我知道，吳起曾經『殺妻求將』！」

　　「什麼叫殺妻求將呢？」魏文侯性急地問。

　　「吳起學好兵法以後，就到魯國服務。」那大臣慢慢地說：「這時齊國的軍隊來攻打魯國，魯君很焦急，便想任用吳起做大將軍，去抵禦敵人，但忽然聽到一個消息，魯君就不想用他了——」

　　「是什麼消息呢？」魏文侯也替吳起焦急了。

　　「原是，吳起的太太是齊國人。」那大臣接著

說：「大家都認為他不會替魯國出力。後來，這件事傳到吳起的耳朵裡，便連夜殺掉他的太太——」

「他這樣沒有情義？」魏文侯驚叫起來。

「是的。」大臣答。「吳起殺了太太以後，魯國終於任他為將，他很快地打敗了齊兵，但魯君認為他殺妻求將，過於殘忍，便辭退了他，所以他便跑到我國來了。」

魏文侯聽完點點頭，正考慮是不是應該任用吳起；忽然站在右列的一位大臣也向前走三步說道：「雖然吳起貪求高官爵位，可是他用兵神妙，不論什麼兵法家都趕不上他，實在是一個難得的將才。」

於是，魏文侯決定任命吳起為大將，派他領兵去攻打秦國。

出發時，吳起穿著和兵士一樣的服裝，背著糧袋和彈藥，他和大家一同走路，將馬讓給衰弱的士兵騎。吃的喝的和大家一樣，睡覺也和大家在一

起，全軍的官兵，都被吳起能和部下共甘苦的事實感動了，大家都很愛戴他，服從他，願意為他拚命。

　　每天行軍休息時，他便跑到各個營房裡慰問傷患戰士。一天，他跑到一座帳棚，看到一個兵士躺在地上嚎叫，像是很痛苦的樣子，吳起便查問是什麼緣故。那戰士忙拉開包紮的臀部，吳起見他生了一個很大的疽，脹滿了血和濃。他就伏在那戰士的身上，用嘴吮吸出那疽裡的血和濃，那戰士的痛苦立刻停止了。

　　這消息傳開，全軍的官兵都願意為吳起效死。所以他攻打秦國時，很快的拿下五座城市，凱旋歸來。

　　魏文侯死了，魏武侯仍對吳起殺妻求將的事不滿，便不信任他。他又投奔到別處去了。

起死回生
的扁鵲

　　扁鵲肩上背著一件行李，走到虢國的都城，進城門時，便看到城內的老百姓紛紛談論，有些年紀大的還流著眼淚。

　　「老伯伯，」扁鵲走到一個六十多歲的老人面前，鞠了一個躬問道：「這裡發生什麼重大的事嗎？」

　　那老年人把眼淚抹掉，睜著眼睛看扁鵲半晌，見他背著行李，身上很多灰塵。「你一定是外鄉人，」他說：「我們的太子死了，你不知道嗎？」

　　「他得的什麼病呢？」扁鵲緊接著問。因為他是醫生，醫生對病人都很關心。

　　「他突然暈倒在地上；經過很多醫生檢查，都不知道是什麼病症，現在國王正傷心地哭哩！」

　　扁鵲聽完便將行李放在旅社，拿了裝藥的皮包，

直接向王宮走去。到了宮門，侍衛人員將他攔住。

「我是醫生，」扁鵲大聲地說：「我是來給太子看病的，為什麼不讓我進去呢？」

侍衛人員上前一步，盯視扁鵲的眼睛，像是要看他有沒有睡覺一樣，「謝謝你！」守門的侍衛說：「你來得太遲了，我們的太子已經去世了。」

「我就是因為太子去世才來的。」扁鵲說：「我能救活太子。」

侍衛人員聽了他的話，還不敢相信，但是為了救活太子的希望，便一面報告國王，一面請他進宮。

這時太子挺直地躺在床上，氣息早已斷絕，全身冰涼。扁鵲走到太子身旁，看看他的氣色，摸一摸他的頭和手，便對虢王說：「我能醫活太子。」

「你真有把握嗎？」國王還是不相信，但太子已氣絕，現能有一個復活的機會那再好沒有了，立刻請扁鵲醫治。

扁鵲從皮包裡拿出針和藥，便用針在太子的胸

起死回生的扁鵲

刺了三針，又拿出一點藥，煎好灌進太子的口。太子的眼珠慢慢地轉動了，脈搏跳躍了，過了一會兒，太子又嘆了一口氣，真的活過來了。

國王在旁邊，眼睛睜大注視著扁鵲的動作，這時看到太子手腳能動，又能嘆氣，真是又驚又喜，連忙握著扁鵲的手說：「你能起死回生，救活太子，真是名醫，我們全國的老百姓，都要感謝你。」

「不，我不能把死人救活過來，」扁鵲謙虛地鞠躬道：「現在只是因為太子是罹患屍蹶（註）病，還有挽救的希望，我才能恢復他的健康。」

扁鵲，姓秦，名叫越人。由於這次醫治虢國太子的病出了名。秦國的太醫李醯，很妒忌他的醫術，暗中叫人刺死扁鵲。因此，他的高明醫術沒有留傳下來。

註：屍蹶是一種呈假死的狀態，病人會忽然昏倒，如同屍體一般，但並沒有死亡。

孟母
三遷教子

孟子的母親從廚房內走出，在屋內外，都找不到孟子，便走到屋後大聲叫，要喊他回來吃飯。

但叫了半天，仍然沒有聽見孟子回答。她焦急起來，直向公墓走去，因為他們的家是在公墓旁邊，孟子時常在公墓園中玩耍。

遠遠的，她便看見五六個小孩，年紀和孟子差不多，都在七八歲左右，正和孟子圍成一團；他的母親走近了，才知道他們用鏟子和鋤頭挖了一個小小的墳墓，正在裝扮祭奠大典，大家都跪在墓前，假假地啼哭。

孟子的母親看到這情形，突然愣住了。後來慢慢想起，這時正是清明節前後，來公墓祭奠的人很多，孟子是模仿他們才這樣做的。

第二天，孟子的母親決定搬家了，她認為像這

樣的遊戲，小孩學會了，是沒有好處的。

他們的家由荒僻的鄉村，遷到熱鬧的市鎮，孟子的母親仍然細心的注意他，發現他又學做買賣了。他出去買東西，也喜歡和別人爭多論少的。

孟子的母親又準備搬家了，她覺得在惡劣的商場中，容易影響小孩子的心理。但這次搬家不能像前一次那樣草率，要選擇一個良好的環境。結果，他們便搬到一所學校的旁邊。

孟子看見很多學生讀書，他也學著大家的樣兒跟著讀書。他的母親看到了，非常高興，認為這種好的環境，適宜於長久居住，便不想再搬家了。

孟子開始讀書就非常用功，每天晚上在家裡溫習功課，還把當天的課程講給母親聽。他的母親也常常鼓勵他，所以他的學問進步很快。

一天下午，孟子的母親在家裡織布，忽然看到孟子從學校中回家，她覺得奇怪，便問他為什麼不讀書提早回來，叫他趕快回到學校去。

但孟子低頭不語，兩手玩弄著衣角，像不願再去讀書的樣子。

　　孟母站起將他拉到織布機房，指著織布機上的紗線問：「你知道，這是幹什麼的嗎？」

　　「知道，這是織布。」

　　「好啦，現在你看，」她的母親說著，拿起一把刀，將織布機上的紗線全部剪斷。「這樣還可以織成布嗎？」

　　「這樣剪斷太可惜了，不能織布了。」孟子驚訝道：「母親，你為什麼剪斷紗線呢？」

　　「你看到這剪斷的布可惜，」他的母親抓著一把亂紗說道：「可是，你讀書中途停止，正和這織布機上的紗一樣，是不會成功的。」

　　孟子低頭想了一會，自己的臉也紅起來，便低聲說：「我以後再也不敢荒廢讀書的時間了。」

　　後來孟子果然成了亞聖，是我國著名的教育家、思想家。

友義的
聶家姊弟

六百斤的肥豬在廣場上逛著，屠夫聶政從屋內走到豬的身旁，右手抓住豬鬃，左手抓著豬的前腿，輕輕地一拉，豬便像一隻貓似地被掀倒在地上，發出竭力的嘶喊聲。

聶政從腰間拿出繩子把豬的四條腿縛起來，用屠刀直向豬的喉嚨刺去，很快地就把豬殺死了。

嚴仲子在曠場旁，默默地看著聶政宰豬像殺兔子一樣毫不吃力，嚇得呆住了。他暗暗地敬佩聶政的力氣，一直等到屠夫將豬宰完，才走上前去見聶政。

「我從韓國跑到齊國來，」嚴仲子說：「四處訪問勇士，今天才見到你這真正的英雄。」

聶政詫異地看著他：「你找勇士幹什麼呢？」

「因為，」嚴仲子向前一步低聲地說：「因為韓國的宰相俠累和我有仇，我要找勇敢的英雄，為

我報仇。現在我一定要請你幫忙。」

「不，」屠夫連連搖頭，意志非常堅決。「我不能替你報仇。」

嚴仲子嚇得呆住了，半晌才結結巴巴地說：「你……你難道……沒有勇氣去殺俠累嗎？」

「因為我要服侍母親，還有一個姊姊在家，所以不願意為你報仇。」

嚴仲子雖然再三請求，聶政始終不答應。第二天嚴仲子買來很多禮物送給他，他也不接受，仍舊過他的屠夫生活。嚴仲子天天和他玩在一起，想說服他，但他依然沒有答應去殺俠累。

二年後，聶政的母親病死了，姊姊也出嫁了，他忽然跑到嚴仲子家裡。「我做了微賤的屠夫，」他對嚴仲子說：「蒙你看得起我，和我做朋友。為了要奉養母親，沒有替你報仇，現在母親死了，我可以去為你殺俠累了。」

聶政到了韓國，進入相府，輕易地刺死俠累，

還殺死很多衛士。然後他用劍削去自己的面皮，挖出兩隻眼睛；再破開自己的肚子，拉出肝腸。

這件大刺殺案發生後，韓國便把兇手的屍首，陳列在城門口，並且寫明：「如有人指認兇手，便賞一千兩黃金。」因為他們要追拿兇手的家屬來辦罪。

聶政的姊姊名叫聶榮，聽到這消息，知道是弟弟做的。她想：「弟弟怕連累我，所以他把自己的臉皮削去自殺，現在沒有人能知道他的姓名和來歷。可是我怎能愛惜自己的生命，使弟弟的英名永久埋沒呢？如果我貪生怕死，不敢出面，定要遺憾終生了。」

聶榮堅決地跑到韓國，坐在屍體旁大哭。很多看守屍首的兵士都圍繞著她。

「這刺殺俠累的人，名叫聶政。」她哭著大聲叫道。「他是我的弟弟，我叫聶榮，我不願意偷生，埋沒我弟弟勇敢的名氣！」

說完，聶榮便也自殺在弟弟的屍旁了。

延伸閱讀

為什麼要讀這本書？

王儀貞

親愛的小朋友：

　　在《李冰鬥河神》的故事中，你還記得李冰治水的故事嗎？早在二千二百多年前的戰國時代，太守李冰就能勇於破除迷信，並且運用科學方法進行水利工程，至今仍然發揮巨大的效益，造福人民，真是令人感到佩服不已。

　　同樣地，透過這本書，你可以再認識二十五位響噹噹的人物和他們的故事，比如：越王勾踐為了雪恥復國，整整二十年「臥薪嘗膽」；齊國將領田單設計了「火牛陣」，不但突破了圍軍，還一舉光復了七十幾個城市；吳國軍事家孫子寫了十三篇兵法，連瘦弱的婦女，他都可以訓練成軍隊；齊國宰相孟嘗君喜歡招待賓客，平時家裡總是有三千個客人呢！

　　這些中國古代名人的故事，有一個個精彩的內容情節以及各種不同的角色特質，不但可以豐富我們的閱讀經驗與思考，還可以作為我們做人處事及學習態度的參考呵！

　　現在就請你找個舒適的角落，打開書本，開始閱讀，讓這些名人成為你的好朋友。

人物對對碰

讀過這本書裡的故事，你對名人的事蹟一定有基本的認識，請把「事件表」和「人物表」配對。

事件 　　　　　　　　　　　　　　　　　　　**人物**

ㄅ 為孩子尋覓良好的教育環境而搬家三次　　　A 管仲

ㄆ 寒食節是為了紀念一位不貪求功利又孝順的大臣　B 子路

ㄇ 醫術高明，救活得了怪病的太子　　　　　　C 馮驩

ㄈ 提出「四維」的想法，幫齊桓公治理國家　　D 孟母

ㄉ 曾跟老子學習的大教育家　　　　　　　　　E 汪踦

ㄊ 能夠深謀遠慮，為孟嘗君收服封地民心的食客　F 介之推

ㄋ 兩腿殘廢卻仍然與龐涓鬥智，擊潰魏國大軍　G 孔子

ㄌ 孔子的得意學生，為人勇敢但是個性急躁　　H 扁鵲

ㄍ 帶領魯軍抵抗齊國大軍的少年　　　　　　　I 吳起

ㄎ 為戰士吸吮臀部濃血的大將軍　　　　　　　J 孫臏

★你也可以自己設計「對對碰」，再跟同學一起作答。

延伸閱讀

成語名人錄

這本書中，有許多名人的故事，包含成語的典故，請把「人物表」和「成語表」配對。

人物表

ㄅ 救國愛民的墨子

ㄆ 戰略家曹劌

ㄇ 豪爽的孟嘗君

ㄈ 刻苦自勵的勾踐

ㄉ 軍事家孫子

ㄊ 接受意見的晉獻公

成語表

A 一鼓作氣

B 脣亡齒寒

C 臥薪嘗膽

D 三令五申

E 摩頂放踵

F 雞鳴狗盜

★書裡的故事，還藏著許多有趣的成語，你可以再找一找。

故事改寫

讀完＜介之推清高廉潔＞，軒軒對故事中，晉文公一時心急，竟然採用放火燒山這麼愚蠢的方法，想找到介之推，卻痛失忠臣還破壞大自然，心裡有些不同的想法！因此他決定改寫故事的結局。

★請你任選一則故事加以改寫，讓故事有更精彩的結局，現在就動動腦吧！

活動四 **故事創意畫**

讀完＜田單使用火牛陣＞，軒軒對故事中，田單布置火牛陣奇襲退敵的情形，覺得非常有趣。他馬上興致勃勃的拿出紙和筆來描繪火牛，還為火牛添加了作戰裝備呢！

★這二十五位名人，一定也有你特別有興趣或印象深刻的事蹟，請你也動手畫一畫，再把故事說給家人聽，發揮你的想像力和創造力吧！

延伸閱讀

活動五　故事接龍

這本書中，＜豪爽的孟嘗君＞靠著食客們的幫助，得以順利離開秦國。然而一出函谷關沒多久，秦王隨即派刺客繼續追殺孟嘗君……

★請你跟同學共同討論，把故事的情節說完整。

活動六　故事提問

請看一看軒軒的提問。

訪問者 軒軒　　**訪問內容** 萬世師表孔子

提　問

一、你覺得孔子是一個怎樣的老師？為什麼？（who）
二、孔子是哪一國人？（where）
三、孔子從什麼時候就非常用功、努力學習？（when）
四、孔子是用什麼方法來教導每個學生？（what）
五、為什麼孔子認為三人行必有我師？（why）
六、孔子是如何達到博學多能的？（how）

★請你任選一篇，運用6w來發問，並跟同學一起想一想、說一說。

起點

終點

孔子的學生一共有多少人？
答對前進二格

孟母用什麼方法來告誡孟子，求學不可半途而廢？
答對前進一格

曹劌是如何決定戰略？
答對前進二格

悼念勇敢殺敵的少年英雄汪錡，暫停一次。

孔子覺得最快樂的是什麼事？
答對前進三格

遇到性急的子路，請退回起點。

虞公因為捨不得哪兩件寶貝，最後導致滅國？
答對前進二格

中國名人故事遊戲盤

扁鵲醫治了哪一國太子的病而出名？
答對前進二格

什麼節日是紀念介之推？
答對前進一格

拜訪墨子，學習各種攻守的方法，暫停一次。

孔子的學生子貢有什麼特殊才能？
答對前進二格

龐涓最後得到怎樣的下場？
答對前進二格

接受管仲和鮑叔牙的邀請，暫停一次。

田單所布置的火牛陣，一共集合了多少頭牛？
答對前進一格

程嬰盡心的養育趙家孤兒多少年？
答對前進二格

為什麼吳起能夠受到士兵的愛戴？
答對前進一格

馮驩如何幫孟嘗君買到「義」？
答對前進二格

探望「臥薪嘗膽的勾踐」，暫停一次。

什麼是四維？
答對前進二格

忠心的黃歇，後來被楚王封為什麼君？
答對前進一格

遇到「弄巧反拙」的鹽穀賜，退後二格。

183

九歌故事館 08

火牛陣 中國名人成語故事

著　　作：蔡文甫
繪　　者：蔡嘉驊
責任編輯：鍾欣純
美術編輯：陳雅萍
發 行 所：九歌出版社有限公司
社　　址：臺北市八德路三段12巷57弄40號
電　　話：02-2577-6564・02-2570-7716
傳　　真：02-2578-9205
郵政劃撥：0112295-1
九歌文學網：www.chiuko.com.tw
印 刷 所：晨捷印製股份有限公司
法律顧問：龍躍天律師・蕭雄淋律師・董安丹律師
初版：1983（民國72）年3月10日
重排新版：2010（民國99）年2月10日

定價：250元

ISBN：978-957-444-659-9　　Printed in Taiwan
書號：AD008
（缺頁、破損或裝訂錯誤，請寄回本公司更換）

國家圖書館出版品預行編目資料

火牛陣：中國名人成語故事 / 蔡文甫 著，
蔡嘉驊圖 -- 重排新版. - 臺北市：九歌，
民國99.02
面；　公分.--（九歌故事館；8）
ISBN：978-957-444-659-9（平裝）

859.6　　　　　　　　　　　　99000309

人物對對碰答案：ㄅD、ㄆF、ㄇH、ㄈA、ㄉG、ㄊC、ㄋJ、ㄌB 、ㄍE、ㄎI
成語名人錄答案：ㄅE、ㄆA、ㄇF、ㄈC、ㄉD、ㄊB